기획의 말

그리운 마음일 때 'I Miss You'라고 하는 것은 '내게서 당신이 빠져 있기(miss) 때문에 나는 충분한 존재가 될 수 없다'는 뜻이라는 게 소설가 쓰시마 유코의 아름다운 해석이다. 현재의 세계에는 틀림없이 결여가 있어서 우리는 언제나 무언가를 그리워한다. 한때 우리를 벅차게 했으나 이제는 읽을 수 없게 된 옛날의 시집을 되살리는 작업 또한 그 그리움의 일이다. 어떤 시집이 빠져 있는 한, 우리의 시는 충분해질 수 없다.

더 나아가 옛 시집을 복간하는 일은 한국 시문학사의 역동성이 드러나는 장을 여는 일이 될 수도 있다. 하나의 새로운 예술작품이 창조될 때 일어나는 일은 과거에 있었던 모든 예술작품에도 동시에 일어난다는 것이 시인 엘리엇의 오래된 말이다. 과거가 이룩해놓은 질서는 현재의 성취에 영향받아 다시 배치된다는 것이다. 우리는 현재의 빛에 의지해 어떤 과거를 선택할 것인가. 그렇게 시사(詩史)는 되돌아보며 전진한다.

이 일들을 문학동네는 이미 한 적이 있다. 1996년 11월 황동규, 마종기, 강은교의 청년기 시집들을 복간하며 '포에지 2000' 시리즈가 시작됐다. "생이 덧없고 힘겨울 때 이따금 가슴으로 암송했던 시들, 이미 절판되어 오래된 명성으로만 만날 수 있었던 시들, 동시대를 대표하는 시인들의 젊은 날의 아름다운 연가(戀歌)가 여기 되살아납니다." 당시로서는 드물고 귀했던 그 일을 우리는 이제 다시 시작해보려 한다.

기획의 말

그리운 마음일 때 'I Miss You'라고 하는 것은 '내게서 당신이 빠져 있기(miss) 때문에 나는 충분한 존재가 될 수 없다'는 뜻이라는 게 소설가 쓰시마 유코의 아름다운 해석이다. 현재의 세계에는 틀림없이 결여가 있어서 우리는 언제나 무언가를 그리워한다. 한때 우리를 벅차게 했으나 이제는 읽을 수 없게 된 옛날의 시집을 되살리는 작업 또한 그 그리움의 일이다. 어떤 시집이 빠져 있는 한, 우리의 시는 충분해질 수 없다.

더 나아가 옛 시집을 복간하는 일은 한국 시문학사의 역동성이 드러나는 장을 여는 일이 될 수도 있다. 하나의 새로운 예술작품이 창조될 때 일어나는 일은 과거에 있었던 모든 예술작품에도 동시에 일어난다는 것이 시인 엘리엇의 오래된 말이다. 과거가 이룩해놓은 질서는 현재의 성취에 영향받아 다시 배치된다는 것이다. 우리는 현재의 빛에 의지해 어떤 과거를 선택할 것인가. 그렇게 시사(詩史)는 되돌아보며 전진한다.

이 일들을 문학동네는 이미 한 적이 있다. 1996년 11월 황동규, 마종기, 강은교의 청년기 시집들을 복간하며 '포에지 2000' 시리즈가 시작됐다. "생이 덧없고 허기질 때 이따금 가슴으로 암송했던 시들, 이미 절판되어 오래된 명성으로만 만날 수 있었던 시들, 동시대를 대표하는 시인들의 젊은 날의 아름다운 연가(戀歌)가 여기 되살아납니다." 당시로서는 드물고 귀했던 그 일을 우리는 이제 다시 시작해보려 한다.

내 영혼은 오래되었으나

문학동네포에지 045

허수경 시집

내
영혼은
오래되었으나

시인의 말

8년 만에 시집을 묶으면서 8년 전에 썼던 시들을 다시 읽어본다.

시를 쓰고 싶어하는 마음만이 간절한 세월이었다.

가만히 내가 움직인 길을 살펴본다. 고향에서 서울로 서울에서 독일로 발굴을 하느라 시리아로 터키로.

몸의 눈을 닫고 마음의 눈으로 나는 다양한 세계를 들여다보고 싶었다. 낯선 종교와 정치와 사람들 사이에 섞여 살면서 나라는 한 사람이 자연인으로 살아가는 방법을 배우고 싶었다. 한국인이라는 나와 나라는 나, 그 사이에 섬처럼 떠돌아다니던 시간들.

그러나 시를 쓰는 나는 한국어라는 바다에서만 머물고 있었다.

어머니, 다른 식구, 그리고 벗들. 그들의 인내를 파먹고 살았던 독일 체류 기간 동안 나는 이제 더이상 돌아가리라는 약속을 하지 않는 지혜를 배우고 있다. 내가 나를, 우리를 들여다보고 있는 곳, 그곳에서 나는 살아갈 것이다.

2001년 1월
허수경

차례

3부

4부

1부

나는 어느 날 죽은 이의 결혼식을 보러 갔습니다

나는 다시 노래를 할 수 있어요
어느 날 죽은 이의 결혼식을 보러 갔지요, 라고

신랑은 심장을 도려냈어요
자궁만이 튼튼한 신부는 신랑의 심장 자리에
자신을 밀어넣었습니다

신랑의 심장 자리에 신부의 자궁은 먹새우처럼 궁글리고 있었습니다

아직 지상에 있을 때 신랑이
소공동 어느 상가에서 산 반지처럼 먹새우처럼

그렇게 궁글려 있던 신부를 나는 보았지요

검정 개울에 햇물풀이 자라나고
술 실은 자전거를 타고 밤이 달을 굴리며 결혼식장으로 오고 있었어요

나는 다시 노래를 할 수 있어요
어느 날 죽은 이의 결혼식장에서 나는
낮잠에 이끌리듯 누런 술을 마셨노, 라고

아픔은 아픔을 몰아내고 기쁨은 기쁨을 몰아내지만

장님인 시절 장님의 시절 술 마시는 곳 기웃거리며 술병 깨고 손에 피를 흘리며 여관에서 혼자 잠, 여관 들어선 자리 밑 옛 미나리꽝 맑은 미나리순이 걸어들어와 저의 손으로 내 이마를 만지다, 아픔은 아픔을 몰아내고 기쁨은 기쁨을 몰아내고 장님인 시절 장님의 시절은 그렇게 가고……

어느 날 눈송이까지 박힌 사진이

간곡한 기계가 있었다
우린 그 기계 앞에 서 있었다
기계는 우리를 온 힘으로 찍었다

시계탑 앞에 서 있는 너를 동물원에 앉아 있는 나를
돼지우리 앞에 앉아 있는 이종사촌과 나를 찍었다

머리칼을 잘라 팔던 날
우연히 지나가던 사진사가 날 찍었다
어느 날 눈송이까지 박힌 사진이 나에게로 왔다

그 밤에 붉은 꽃에

밤에 붉은 꽃에
눈알 뽑힌 사람들은 머리를 박네

새들은 아직 심장을 가지고 있나,
날아오르는 것들의 존재를 믿을 수 없는 것처럼

붉은 꽃은 피고

원숭이들은 더이상 사람이 될 수 없나,
내 영혼은 더이상 원숭이의 영혼을 해독하지 못하고

불길한 문서처럼 그렇게
붉은 꽃은 피고

밤에 붉은 꽃에
눈알 뽑힌 사람들은 골수까지 뽑히네

그러나,
너의 몸은 아직 따뜻한가, 내 혀는 아직 따뜻하다

늙은 들개 같은 외투를 입고

자전하는 지구에서 태어난 나, 비행기를 타고 가서 당신을 만난다 하늘에서 어느 순간 사라질 수도 있는 나, 아무도 기록하지 않을 나, 그러나 영혼을 믿는 나, 기억들이 섬광처럼 사라지는 것을 늙은 늑대 같은 외투를 입고 내 영혼은 멍하게 지켜보리라

늙은 새는 날아간다

전쟁이 났다
사람들은 국경을 지나간다
탱크는 길을 파고 비행기는 길을 막는다

가을이다
맑은 빛 나뭇잎은 전쟁이 난 마을 속으로 떨어진다

아이들은 태어나
두 손과 두 발로 땅을 기며 웃고
아이들의 머리 위로 발을 감춘 늙은 새는 날아간다

늙은 새는 어디에서 왔는가,
거대한 촛불을 켠 사제의 뱃속에서 왔는가

전쟁이 나고 사람들은 제 목을 자르며 차가운 땅속으로 들어가고
늙은 새는 날아간다

머리에 흰 꽃을 단 여자아이들은

그날의 일기 속에는 불안 같은 흰 꽃을 단 여자아이들, 너의 품을 빠져나온 오랫동안 잠을 잔 혀는 아이들의 머리에 매달린 흰 꽃에 입을 맞추고 흐르는 불처럼 창밖 너머 펼쳐진 숲을 건넌다 오 오, 그렇게 다시 시작되고 너의 품속에서 새로운 생을 끄집어내듯 나는 아프다 오 오 새로운 지문의 날들은 그렇게 시작되고 그때 너는 일기를 다시 쓰고 일기장 속에서 오래된 시간은 잠든다 오래된 시간은 얼마나 고요히 우리를 예언했던가 머리에 흰 꽃을 단 여자아이들이 순한 시간 속에서 사라질 것을 오래된 시간은 얼마나 고요히 예언하고 있었던가

여자아이들은 지나가는 사람에게 집을 묻는다

이렇게 시간은 지나가고 아가들은 자라나 아이가 된다

폭풍이 오고 지붕이 날아가고 지붕 아래에 있던 얼굴이 날아가고

젖가슴이 작은 여자아이들은 머리에 꽃을 꽂고 거리를 서성인다 상어떼처럼 차들은 여자아이의 치마를 할퀴며 지나가고 검은 코끼리 같은 구름이 찢어진 치마 안에 손을 넣는다

덜 자란 아이들은 언제나 덜 자라 이 거리에서 돈을 벌지 못하고 아이들의 가슴에 든 지폐는 영혼을 팔아 바다를 사고 적막한 눈을 감고 바다는 오 오 거리에서 팔던 오뎅 국물처럼 졸아든다

그리고 집을 묻는다 지나가는 사람은 술 취한 눈을 들어 여자아이를 바라본다 낡은 들보 같은 여자아이의 젖가슴에 손을 집어넣으며 지나가는 사람은 아이를 안는다

바람이 불고 바람 사이로 먹소금이 일어나 작은 자궁으로 들어가고 먼 훗날 그 자궁에서 늙고 조그마한 아가가 자라난다

그렇게 시간이 흐르고 아가들은 자라나

안개와 해 사이

스위스 대사관 앞에 세탁소 하나 비디오 가게 하나 그 안에 순두부를 기다리던 눈먼 검은 새

다시 비탈길을 올라가면 집 한 채
창가에서 누군가 바깥을 내다보았습니다

집안은 컴컴 바깥은 하얗고

눈먼 검은 새는 순두부를 다 먹고 잠이 들고
잠 속에 떠오르는 누군가 바깥을 내다보는 모습

집안은 컴컴 바깥은 하얗고
검은 새의 뜨악한 동공처럼
집안은 하얗고 바깥은 컴컴

그러나 지나가는 세월도

강가에는 시커먼 솥
솥 안에는 끓는 양잿물

커다란 나무 막대를 들고 누군가 솥 주변을 날아다니며 허둥거리는 남루를 젓는다

상류에 은어
하류에 말풀
중류에 아가들의 시체

노래를 부르며 늙은 개들은 강가에서 서성이고 저만치서 세월은 지나가고

그러나 지나가는 세월도 강으로 들어가지 못해서
늙은 개처럼 서성이고

어느 날 애인들은

나에게 편지를 썼으나 나는 편지를 받아보지 못하고 내 영혼은 우는 아이 같은 나를 달랜다 그때 나는 갑자기 나이가 들어 지나간 시간이 어린 무잎처럼 아리다 그때 내가 기억하고 있던 모든 별들은 기억을 빠져나가 제 별자리로 올라가고 하늘은 천천히 별자리를 돌린다 어느 날 애인들은 나에게 편지를 썼으나 나는 편지를 받지 못하고 거리에서 쓰러지고 바람이 불어오는 사이에 귀를 들이민다 그리고

구름은 우연히 멈추고

구름은 썩어가는 검은 건물 위에 우연히 멈추고 건물 안에는 오래된 편지, 저 편지를 아직 아무도 읽지 않았다 누구도 읽지 않은 편지 위로 구름은 우연히 멈추고 곧 건물은 사라지고 읽지 않은 편지 속에 든 상징도 사라져갈 것이다 누군들 사라지는 상징을 앓고 싶었겠는가 마치 촛불 속을 걸어갔다가 나온 영혼처럼

내 영혼은 오래되었으나

아이들은 장갑차를 타고 국경을 지나 천막 수용소로 들어가고 할미는 손자의 손을 잡고 노천 화장실로 들어간다 할미의 엉덩이를 빛은 어루만진다 죽은 아들을 낳을 때처럼 할미는 몽롱해지고 손자는 문 바깥에 서 있다 빛 너머로 바람이 일어난다

늙은 가수는 자선 공연을 열고 무대에서 하모니카를 부른다 둥근 나귀의 눈망울 같은 아이의 영혼은 하모니카 위로 날아다닌다 내 영혼은 오래되었으나 빛 속으로 들어간 것처럼 아이의 영혼에 엉긴다 그러니까 누군가를 기다리는 영혼처럼 허덩거리며 하모니카의 빠각이는 이빨에 실핏줄을 끼워넣는다

내 영혼은 오래되었으나 장갑차에 아이들의 썩어가는 시체를 싣고 가는 군인의 나날에도 춤을 춘다 그러니까 내 영혼은 내 것이고 아이의 것이고 내 영혼은 오래되었으나

2부

그러나 어느 날 날아가는 나무도

뿌리를 뽑고 날아가는 나무도
공중에서 자라나는 뿌리마저
제 손으로 자르며 날아가는 나무도
별 달을 거쳐 수직도 수평도 아닌 채
날아가는 나무도

공중에 집을 이루고
또 금방,
집 아닌 줄 알고 날아가리라

내 마을 저자에는 주단집, 포목집, 바느질집이 있고

사내를 여읜 아낙들은 바늘 끝으로
사발뜨기 공그르기를 하고
인두질로 저며
주란치마 홑적삼 겹적삼을 이워내다

주단집 앞에 평상을 펴놓고
저고리 어깨에 금빛 잠자리를 수놓으며
이웃 고깃간에서 사온 돼지고기 편육을 먹다

신전이야말로
잘 구운 혹은 잘 지진
살점이 필요한 곳

도살장은 신전의 제물을 준비하느라
다 늦은 밤에도
큰 무쇠솥에서는 김이 나고
큰 물통 안에서 짐승의 창자는
편안하게 흐느적거렸는지도

짐승의 머리는 푸줏간의 도마 위에서 편안하고
짐승의 다리들은 물통 안에서 편안하도다

아저씨, 고기 한 칼만 주세요
제물이 아니라 식욕 때문에 내가 사는 고기

식욕은 제사의 어머니
내 식욕은 내 여성성의 어머니

그때 그날
항구도시
전쟁은 아직 끝나지 않았고

전쟁 게시판에는 전사자 명단
다리 밑에는 고아들이
산언덕 성냥갑 같은 집에서는 과부들이
거리에서는 팔다리는 없고 심장만 남은 사내들이 딱성냥을 팔았고

그 도시 어디엔가 있는 거대한 감옥에서는 산에서 잡혀온
사람들이 사형을 기다렸고
그 도시 유곽에서는
먼 나라에서 온 금속 나팔 소리

그때도 저자에서는 남성성을 일찍 여읜
아낙들이 내일 새로 생길 세속 신전을 위해 첫 밤 이불솜을 탔고
그 위에 벌 나비 원앙을 수놓았다

내가 밥을 벌던 거리
지상의 밥집 국솥에서는 오래된 도시에서 나던 인간의 몸 냄새가,
망하는 것을 다 받아들이고도 또 한참을 더 늙어,
어느 도시가 생식과 수유를 다 포기하듯 편안하게
그래서 늙은 신들은 저 국솥에서 끓어
내 밥상 위에서 노랗게
장국에 삭은 근대 이파리처럼 건져질 때

그때 어느 신전에서 갓 태어난
젊은 신은 돈을 모아들이고
나는 지상에서 가장 값싼
늙은 신들을 달게 달게
들이켠다

왜 사람들은 사랑할 때와 죽을 때 편지를 쓰는가
왜 삶보다 사랑은 더 어려운가
왜 저 배우는 유럽의 어느 지하도, 더러운 하수장에서 죽어가면서도
하수도를 따라 떠내려가는 편지를 잡으려고 하는가
왜 저 여배우는 집에 틀어박혀 나오지 않는가
왜 어떤 흑인 여가수는 창녀 출신이고
어떤 여가수는 민권운동가인가

그때 바깥은 아직 눈을 뜨지 않았고
바람만 가만가만 지나가고
내 마을 저자에는 아직 주단집 포목집 바느질집이 있고

맑은 전등

바다 마을
집 한 채

다리를 오므리고 실파를 다듬는 계집아이
튼 손등에 오그리고 앉은 실파 냄새

아이의 속눈썹이 파르르 떨린다

먼 검바다 뜬 배
닻에 붉은 오징어 다리가 감겼다
힘찬 오징어 다리

파뿌리처럼 오그리고 있다

베를린에서 전태일을 보았다

그해 겨울 나는
이 도시의 가장 큰 박물관에 있는
가장 작은 지하방에 있었다

1

고향에서 강제로 이주된 늙은 신들은 지상 전시실에서 눈동자 없는 눈으로 휴곽을 들여다보고 있다 세계는 아직 점자가 아니고 눈동자 없는 눈으로 살펴야 할 세계는 아직 태어나지 않았다 가자, 가자, 늙은 신들은 발목 없는 말을 재촉한다 지상 전시실 입장료는 4마르크이다

2

러시아에서 온 아낙들이 박물관 앞에서 붉은 별이 선명한 군용 모자를 판다 그리스정교의 성모가 작은 조갑지 같은 박분 통 안에 들어 있다 그들의 사제 중 하나가 성모를 위해 착한 시간을 바쳤다 5마르크에 그 시간을 살 수 있다

3

덜커덩, 전차가 지나간다
후루룩 국수를 먹는다
월남에서 온 키 작은 남자가 노랗게 볶은 국수를 판다
고기를 넣으면 4마르크, 고기를 넣지 않으면 3마르크이다

4

도시 전철 안에서 전쟁을 피해 온 가수는 노래한다 그의 입안으로 탱크가 지나가고 탱크 안에는 목 잘린 태아가 웅크리고 있다 1마르크에 태아를 구경할 수 있다

5

그의 얼굴은 희다 입술은 붉다 분주한 아침 길 맥주를 들고 버스 정류장에 앉아 그는 멀거니 세상을 들여다본다 바쁜 세상의 아침을 축복할 수 있을까, 맥주가 있는 한 우리는 그의 축복을 받을 수 있다 1마르크 20페니히이다

6

병원 문을 두드린다 살려주세요 허연 수술칼을 든 검은 아버지 살려주세요

7

장례식이 있는 날은 유난히 맑다 사람들 사이로 배고픈 검은 개가 서성인다

묘지가 있는 공원 앞에서 한 다발 꽃을 얻는다 4마르크 50페니히이다

8

기억교회 옆에 극장이 있다 해 질 무렵 영화는 상영된다

눈시울 붉은 하늘 가만 눈을 뜬다
그렁그렁 종소리가 잠시 이 도시의 허공에 맺힌다

9

미라들이 박물관 지하에 있다 미라 옆방에는 거대한 항아리를 모아둔 방이 있다 그 방 위 지상층에는 유물을 수리하는 실험실이 있다 지하 복도에 서서 기침을 하면 개 짖는 소리 같은 기침 소리가 목으로 다시 기어들어온다 지하 복도에서 빵을 먹는다 80페니히, 건포도빵이다

그 옛날 공장은 삶은 과일들의 자궁

과수원 가까이에는 통조림 공장
과수원 가까이에는 마을

한때 마을에는 사람의 아들에게 연애편지를 쓰던 호랑이가 살았네
우편배달부는 지난날 전쟁으로 살해되고
편지가 든 가방만이 과수원 나무에 매달려 있네

과수원 가까이에 사는 여자들은 공장에서 일을 했네
머리카락이 떨어질세라 흰 머릿수건을 쓰고

여자들은 밤에도 낮에도 일을 했네
물과 피로 이루어진 생산 기계
공장은 삶은 과일들의 자궁
여자들의 흰 손이 양수 속을 헤엄쳐다니네

과일에 박힌 씨앗을 도려내고
토막토막 잘라서 끓는 설탕물 속으로 집어던지네

거대한 화덕 위
씨앗 없는 과일들이 설탕물 속에서 쏘다니고
우우 바람이 지나갈 때마다

과수원 나무에 매달린 주인 없는 가죽가방 속에서

오래된 문자로 쓰인 편지가 지상으로 떨어지네

내 짐승의 자궁을 받아주어요 누군가 공장의 그늘 아래에 멈추어 서서 늙은 연인에게서 온 편지를 읽었네

공장이 문을 닫은 지도 오래되고 이곳이 먼 훗날 바다가 될는지 바다가 생겨서 물고기들이 낡은 공장의 들보 사이를 걸어다닐는지 알 수 없네

미술관 앞에 노인들은 물 흐르듯 앉아

식은 점심을 먹고 황동빛 손가락으로 담배를 만다 미술관 저 너머에는 지하 땅굴이 있고 그 속에 차가운 짐승 하나가 사람들을 지상으로 길어올린다 담뱃진 속에 끈적거리는 죽음은 갓 태어난 아가처럼 신선하고 외롭다 식은 점심을 먹고 노인들은 미술관 앞에 앉아 지난 세기의 광인을 관람하고 나오는 사람들을 물 흐르듯 바라본다 마치 지난 세기와 지금을 연결하는 흐름을 타고 있는 것처럼 노인들은 한적하고 지상으로 사람을 길어올리는 짐승은 노인들의 엉덩이 20미터 밑을 지나가고 있다

아이가 달아난다

아직 해가 넘어가지 않은 거리 한 모퉁이
유리창 깨지는 소리
아이가 달아나고 있다
아이의 손에는 긴 막대기가 있고
얼굴은 시퍼러둥둥하다

불쑥 아이 앞으로 검은 그림자 하나가 선다

두렵지 않다, 그러나 말하자면 두렵다

1

사방은 고요하고 해는 지친 아가 달 머지않아 푸르덩 이곳으로 올 것이다

이렇게 적는다 옛날에 옛날에 (그런데 나는)

어미가 나에게 들려준 이야기:

다섯 살 난 나 집을 나갔던 모양 어미는 날 찾아다닌다

신 벗어놓고 한들한들 걸어가는 나 내가 벗어놓은 신발을 신고 어미는 날 찾아다닌다

골목엔 개나리 그늘 골목 지나면 대나무 숲 대나무 숲 나가면 초등학교 들어가는 샛길 초등학교 교정 지나 교감 관사 지나면 학교 뒷문

뒷문 지나면 강 강 건너 희미한 지붕

가까운 산 불쑥 검녹빛 어미 얼굴

강가 어미 누렇게 나를 부른다 나 어디로 가고 있다 그 소리 들은 적 없다

어미는 학교 변소로 작대기 하나 들고 들어간다

문 여섯 개 열고 쪼그리고 앉아 작대기 넣고 저어본다 멀겋게 게워내며 뒤로 넘어진다

여섯 문 다 열고 들어가도 난 없다 여섯 문 열고 들어가 그 속 다 휘저어보아도 없다

어민 햇살 아래로 나와 게워낸다 멀겋게 멀그럼하게 말갛게

마치 날 낳을 때처럼 절 게워낸다

어민 그날 날 다시 낳는다

그때 내가 어디로 갔는지 나는 모른다 지금 내가
그때, 내가 집을 나갔다 온 나인지 나는 모른다

2
난 마당에 앉아 있고
(그 옛날 이 집엔 백정이 살았니라)
어민 앉아 있다
(모기장은 마루방에 책은 아버지 방에 마루 밑에는 죽은 소가 우글거리고 부엌엔 시커먼 염소탕 뚜껑 닫힌 우

물 안에 개가 빠져 죽었니라)
뒤안에서 석류나무가 죽어가는 소리

(소들은 따스한 손이 죽였고 차가운 개는 지가 지를 죽였니라 죽임을 당하는 것은 따뜻하지만 스산하니라 텅하니 비어오는데 덩어리가 눈앞을 가득 채우는 것처럼 비어오는데 둥근 눈은 둥글게 감기는데)

어미는 둥글게 누워 있고
지를 죽였으니 푸르를 개는 컹 컹 짖으며 내 눈으로 차갑게 박혀드는데
나는 세모로 앉았네

3
집 앞에 고물상이 있네 내가 태어나기 전부터 내가 태어난 뒤에도 아주 오랫동안 있네
그 누군가 날 망태에 태우고 연자나무 꽃 핀 골목을 걷고 있다 내 엉덩이 아래 뭔가 있다 마분지 빈병, 망태에 걸터앉아 내 키로 볼 수 없는 것을 본다

삭은 양철 지붕 홈통에 물 떨어지네
우물, 우물 옆에 놓인 플라스틱 빨래 비눗갑 그 위에 내의 한쪽
허벅지 보이며 낮잠 자는 여자

마루방 반쯤 걸려 있는 모기장
방안에 작은 들창
거대한 그림 같기도 하고 움직이는 빛 같기도 한 그 무엇이 촘촘히 집안에 있는데
병아리가 아장거리는 것 같기도 하고
손찌검, 누군가 거들거들 죽어가는 가래 기침에 양철 지붕 아래
그 안에 누군가 살고 있기는 한데

유괴를 당한 아이가 마을 강가 어느 모래사장에서 발견되다
아이들은 빈병을 들고 뚜우뚜우 불었네 혀에다 빛을 물었네 텅 빈 위장으로 빛은 진입하다

빛 아래 빈병들이 빛을 향해 입을 벌리고 있다 검은 아이들이 텅 빈 접시를 들고 있는 것 같다

4
사방은 고요하고 해는 지친 아가 달 머지않아 푸르덩 이곳으로 올 것이다
이야기가 그치면 노래가 시작될 것이다

흑백사진 한 장

도시 거리에는 때때로 장이 선다 수박을 실은 수레가 있고 수레를 끄는 나귀는 똥을 누느라 고요하다 닭과 소와 돼지의 피 냄새는 신선하고 짐승의 창자를 들여다보는 백정의 눈은 고요하다 해가 뜨고 달이 지고 별은 도시의 이마를 스치고 지나가고 붉은 콩과 검은 깨는 자루에서 쏟아져나온다 하얀 국수는 무쇠솥에서 더운 춤을 추고 대사리에는 넓적한 물고기들이 마르고 있다 누가 이 시장 한가운데 눈이 맑고 다리를 저는 소년을 세워두었는가 어미와 누이를 한없이 기다리는 소년을 세워두었는가

검은 노래

얼굴을 가리고 여자들은 언덕으로 도망쳤네
말을 탄 남자들이 여자들을 몰고 마을로 내려오네
울던 여자들이 어디론가 실려가네
가서 어느 낯선 곳에서 낯모르는 많은 남자들과 잠을 자네
낯모르는 남자와 잠을 자다가 우는 여자들이
우리 마을을 떠나 먼먼 곳에서 사네
노래를 부르네, 여자들이 웃으며 손으로 목을 조이며
그 소리는 슬픔이 날아가는 소리
날아라, 날아라 깃든 슬픔아

순진하게 웃는 여자들이 우리 마을에 있네
순진하게 웃다가
노인들에게 책망을 듣고 듣다가 웃다가
흠씬 야단을 맞고도 또 웃다가 두들겨맞다가
또 웃어서 옷을 벗기고
나무에 매달려 얻어맞다가
또 웃다가 죽네

아이를 잘 낳던 여자들이 우리 마을에는 있네
아이를 낳고 버리고 아이를 낳고 버리고
열쯤 버리고 짐승을 낳아 키우네 버린 아이들은 퍼런 감처럼
감나무에 매달려 있네

감나무에 매달린 아이들이 울면
까마귀가 날아와 아이들을 쪼아대네

말우리에서 잠을 자다가 돼지우리에서 잠을 자다가
개집 옆에서 쪼그리고 잠을 자다가
수탉이 잠든 옆에서 잠을 자다가
여자들은 꽃밭으로 가네
꽃밭에는 지렁이가 살고
여자들과 상관한 지렁이가 낳은 자식들도
우리 마을에 살고 있네

홍수가 나고 돼지들은 물에서 허우적거리다 근처에 있는 바다로 가서 갈치 밥이 되고 더 멀리 떠내려가서는 산등성이에 던져져 산더덕의 먹이가 된다

슬픔이 자주 풀로 나무로 스며들었다 남자들은 아파서 보건소를 드나들었다 비행기를 타고 바다를 건너거나 대륙 철도를 타고 먼 곳으로 기차 여행을 해보고 싶다던 여자들은 풀을 씹으며 울었다 먼 나라에 가고 싶어요 먼 나라에

먼 곳에서 벌어진 전쟁을 보기 위해 사람들은 모여들었다
모깃불을 안고 퍼런 전파를 보다가 진짜 전장으로 가

버린 남자들

남자들을 따라 전장으로 나간 여자들은 옷을 벗고 춤을 추었다

춤을 추다가 가끔 아편을 맞기도 했다

들판에서 단내가 녹진하게 나는 풀을 맞은 여자들은

다시는 마을로 돌아오지 않았다

부끄러움은 여름 민물풀처럼 우거져

울어도 되는 일이 없는 세월이 스며들어와 마음에 거칠 것 없는 들판을 만든다

작은 아이들이 무더기로 몰려다니며 노래를 부른다

가슴이 무덤에 들어간 아이들이다

태어나는 아이들은 세월을 몰라 다리에 힘이 돋아 걸어다닐 만하면 집을 나갔다

먼먼 등성이를 술 취해 돌아다니는 아이들도 많았다

못을 들고 제 가슴을 찌르며 남의 고행을 흉내내는 아이들은 아무 잘못이 없다

오, 검은 어머니 노란 곡식 속에 사는 메뚜기를, 메뚜기가 파놓은 세계를 먹어주세요

스민 슬픔은 아물지 않고 어디론가 가고

그 자리에 검은 군인이 우리 마을을 향하여

걸어오고 있다

청아한 가을

허연 새가 말라가는 병원 잔디밭을 서성인다
영원한 이별이 도둑처럼 노상강도처럼
스친 자리

붉은 노래

성안 마을에는 아주 오랫동안 저녁만 계속되고 있네
해는 지지도 않고 뜨지도 않고 그 자리에 머물러 있어
마을 사람들은 언제나 저녁 속에서만 산다

새침데기들은 카페에 앉아 에나멜 구두를 닦네
디스코장에서 새침데기의 다리를 만지던 건달
그들은 곧 처녀를 팔아넘길 거라네

디스코장에서 맥주를 마시던 건달들은 빗쟁이를 난도질하네
골목골목에는 이 빠진 항아리
항아리 속에는 어제 태어난 아가들, 아가들의 가슴을 누군가 도려내었네
쓰레기 하치장에 버려진 아가들의 가슴을
건달은 붉은 꽃처럼 가슴에 꽂는다

내 가슴에 오래된 잡지들이 들어차 있어요
건달들이 팔아넘긴 처녀들은 눅은 감자칩을 먹으며 깔깔거렸네
그러다 수레가 와서 날 싣고 어디 잘생긴 꽃이 핀 마을로
데려갈 것 같아요, 처녀들은 화장을 지우지 않고 잠을 자고

팔뚝에 문신을 한 검은 군인들은 해가 뜨지도 지지도

못하게
성안 마을을 지켰네 느리게 흘러가는 노을을 보다가
검은 군인들은 건빵을 씹으며 가끔 묻는다, 나의 아버지, 당신은 왜
나의 내장인가

머리가 둘 달린 아이들이 태어나 자라나
성안 마을을 돌아다니고
머리는 하나이고 몸은 둘인 아이들은 술청에 앉아
오래된 노래를 부른다

검은 군인들이 일으킨 일을 잊을 수가 없다고
둘인 몸은 서로를 껴안고 하나뿐인 얼굴에서는 눈물이 흐른다
오 오 어느 날
가버린 사람들은 별이 되었을까, 오래된 노래는
성안 마을 시궁을 흐르고 시궁에서는 먹가슴 같은 물이 흘러
노을은 지나다가 가끔 멈추어 서서 피곤한 얼굴을 씻는데

검은 군인들은 건달들과 함께 쪼그리고 앉아 땅바닥에
이름을 알 수 없는 여자의 젖가슴을 그리고 그런 젖가슴에

얼굴을 대고 묻는다, 나의 어머니, 당신은 왜 더이상
대지가 아닌가

얼굴은 하나이고 몸은 둘인 아이들은
성벽을 기어올라가네 가슴에 석유통을 안고서
검은 군인들은 술 취한 눈으로 아이들을 바라보네
저 기형아들은 어떻게 이 마을에 태어나게 되었을까

노을 탓이다, 너무도 오래된 노을
검은 군인들은 팔뚝 문신에서 자라는 장미꽃의 머리를
툭툭 치다가
침을 뱉듯 아래를 향해 포신을 여네
얼굴 하나와 몸 둘은 성 아래 절벽으로 떨어지고
석유통에서는 폭죽이 터져 아이의 얼굴을 비추는데

노을은 그 자리에 그대로 있고
아이의 어머니인 팔려간 처녀들은 다리를 벌리며
태양 아래에 눕네 오 오
붉은 노래여

3부

바다가

깊은 바다가 걸어왔네
나는 바다를 맞아 가득 잡으려 하네
손이 없네 손을 어디엔가 두고 왔네
그 어디인가, 아는 사람 집에 두고 왔네

손이 없어서 잡지 못하고 울려고 하네
눈이 없네
눈을 어디엔가 두고 왔네
그 어디인가, 아는 사람 집에 두고 왔네

바다가 안기지 못하고 서성인다 돌아선다
가지 마라 가지 마라, 하고 싶다
혀가 없다 그 어디인가
아는 사람 집 그 집에 다 두고 왔다

글썽이고 싶네 검게 반짝이고 싶었네
그러나 아는 사람 집에 다, 다,
두고 왔네

나의 고아들은

고아들이 몰려 있는 해변
목련꽃불을 인 봄이 해변에 도착하면
나의 고아들은 따스한 물이불을 덮고 잠이 들 것이다

그날의 사랑은 뜻대로 되지 않았네

고향 언저리에서 나지 않는 열매들이 추억을 채우네
이국의 푸성귀들이 내 살을 어루네
사랑은 뜻대로 되지 않았으며
입술은 사랑의 노래로 헤어졌네
과거는 소멸되지 않았으나 우리는 소멸했네

오 오 나는 추억을 수치처럼 버리네
내 추억에서 나는 공중변소 냄새

부풀어오르는 어머니

나이 어린 어미들이 해변가를 달린다
물새들이 달리는 어린 어미들을 들어올린다
부풀어오르는 영혼의 어머니

해는 뜨겁고

해는 뜨겁고 어미는 지붕에 올라앉아 있었네 그 명절 배다른 오빠들은 미친 듯 개를 두들겼고 얼마 뒤 개가 든 솥이 걸렸네 사촌 올케들은 밭에서 방앗잎을 긁으며 낄낄거렸네 자, 그리고 고모들은 솥가에 둘러앉아 이빨을 덜컹거리며 개다리를 뜯었고 고모부들은 개다리를 발겨냈다 집 우물 근처까지 피가 흘렀다 저녁 무렵 고모들은 아무렇게나 포개고 잠이 들었고 고깃내에 절은 울타리를 누군가 뛰어넘었다 나였다 울타리를 넘어 어머니가 신음하고 있는 지붕 위로 올라갔다 바다를 보았다 조개처럼 반짝이는 햇살의 바다였다

붉은 조개를 단 거북

짐승의 마을에서 사람과 사랑을 한 호랑이가 아이를 낳고 그 아이가 자라나 미루나무만한 고사리가 우거진 숲속에서 잠을 잔다 발자국이 세 발이 넘는 거인이 왕이 되는 도성에는 변소가 넘쳐나고 아이의 잠 속에서는 거북이 기어나온다 눈가에 붉은 조개를 단 거북이다 달 속으로 걸어간다 달 속으로 붉은 흙 속으로 붉은 바위 속으로

동천으로

그 꿈에서 깨어날 수 없네 낯선 기차에서 내리듯 그 꿈에서 내려올 수 없네 내가 내린다면 넌 혼자 그곳에 있을 것이므로

고름진 달과 허더벙한 갈빛이 일렁이는 꿈, 누군가 도시 해변에 앉아 둔병살이 돋은 발뒤꿈치를 씻는 꿈

어제 막 태어난 별빛이 사금파리에 찔리는 꿈, 동천으로 동천으로 안개가 자망자망 걸어가는 꿈

성(聖) 숲

해변이 시작되기 전에 숲이 나타났다
숲으로 갔다
그 숲에 살던 젊은 나무들은 통째로 잘려나가고 없었다
잘려나간 그 자리에서 벌떡거리는 그들의 심장을 나는 보았다

꿈, 불

어느 해, 이 세상의 봄이었다 나는 스물이 갓 지났고 배가 자주 고팠습니다 산천 경계에서 온 친구들은 길거리에서 자주 죽었습니다 불을 밟고 가는 기차를 보면 푸른 새우 살 속으로 칼 같은 혀를 들이밀고 싶었습니다

여관에서 태어난 아이들은

여관 옆에 횟집이 있었다 눈으로 보면 서로 먼 곳에 있으나 도다리가 한 마리씩 잡힐 때마다 둘은 가까이 서로에게 다가갔다 여관에서 아이들이 태어나서 바다로 갔다 튼튼한 생선을 들고 아이들은 횟집으로 들어갔다 바다 가까이에는 아이들이 가져간 생선의 비명을 들으며 태어난 바다새가 있었다 아주 오랜 세월이 흘러 유조선이 그 바닷속에 빠졌고 바다새는 기름 속에서 죽어갔다

옛사랑 속에는 전장의 별들이

전쟁이 난다고 했습니다 그 소식을 들으려고 사람들은 영화관으로 몰려갔습니다 술병은 애타게 별을 불렀고 마른 신문지 속에 쌓인 만두 속은 다시 합체해서 맑은 위장을 가진 햇돼지가 되었습니다 그리고,

곳곳에 불이 일어났다 여린 살을 가진 옛사랑, 불속에서 아린 가슴을 내보이고 있었다

우리는 언제나 바다로 가게 될 것인가 몸 파는 여자들이 몰려 있던 산 아래 집과 영혼을 점치는 남자들이 가꾸던 마늘밭을 위하여 우리는 언제쯤 제사를 지낼 것인가 돌고래가 바다에 사는 까닭을 내 첫사랑은 언제쯤 알아 고래가 될 것인가

몽골리안 텐트

숨죽여 기다린다

숨죽여, 이제 너에게마저
내가 너를 기다리고 있다는 기척을 내지 않을 것이다

버림받은 마음으로 흐느끼던 날들이 지나가고

겹겹한 산에
물 흐른다

그 안에 한 사람, 적막처럼 앉아
붉은 텔레비전을 본다

모르고 모르고

해초를 다듬으며 조개를 까며 아이들은 찬송가를 부른다 이모님 다섯 분이다 지금은 발전소가 멀리 보이는 해변에 앉아, 그때 아이인 이모님들은 발전소가 40년 뒤에 들어서는 것도 모르고 찬송가를 부른다

조갑지마다 굴이 돋아드는 아린 빛에 젖어 큰이모님인 아이는 자꾸 길을 나서고 싶다 큰이모님은 나중에 정종 기술자에게 시집을 가서 애 다섯을 낳는다 정종 기술자는 큰이모님을 버리고 바다에 술을 푸러 나갔다

과부가 찬송가를 부른다 조개를 까며 해초를 다듬으며 돌아오지 않는 바닷빛에 잡혀 큰이모님은 길을 나선다 바닷길에 가서는 돌아오지 않는다 훗날 정종 기술자에게 시집을 간 그 아이가 정말 내 큰이모님이었는지 물결이 기우뚱하는 것도 모르고 아이인 네 분 이모님은 찬송가만 부르신다

다섯 아이들 모두 자망자망 꿈으로 들어가고 찬송가만 그 바다에 남아 그 바다에 가면 들려오지요 그 바다에 가면 들려오지요

이 지상에는

아직 태어나지 않은 아가들이 있고 해변 모래밭에는 아린 마늘잎이 돋아 흰 꽃은 우수수 바다를 건넌다

환(幻)을 기꺼워하는 마음은 수치를 껴안고 수천 개의 물결 속으로 들어간다 오 오 나의 그리움은 이제 자연사할 것이다

4부

우연한 나의

내 마을은 우연한 나의 자연

내 말은 우연한 나의 자연

고속도로 위에 새가 죽어 있는 것을 보았다

그 새의 살을 들고 가서 누구도 삶지 않았다

우연히 죽은 새는 아무도 먹지 않네

살해당한 새만 먹을 수 있네

누런 달 아래 있는 놀이터

놀이터에서 아이들과 엄마들 토끼와 논다
저녁에도 한밤중에도 논다
그들은 지치고 집으로 돌아간다

그들 중 하나,
더 놀고 싶어 남아서 같이 논다
더 놀고 싶은 토끼도 같이 미끄럼을 탄다
조금 더 놀고 싶어하던 그들 중 하나도 지쳐
드디어 집으로 간다

토끼 혼자 놀이터에 있다
혼자 논다
미끄럼을 버리고 그네로 간다
모래밭으로 간다
드디어 모래 속으로 들어간다

잔 알갱이 모래는 토끼의 피
토끼의 피는 액체에서 탈출한 알갱이
피는 살을 버리고
마디마디 끊어진 뼈와 알갱이로 된 피뿐인 토끼
모래밭 달빛
너르다, 가자, 집으로, 가자, 집으로,
달로 들어간 나 토끼를 부른다
토끼는 대답하지 않는다

커다란 비닐 위
공중에 매달린 둥근 비닐 위

터엉
터엉
위로 올라갔다
아래로 내려갔다
위로
아래로

토끼는 대답하지 않고
나도 더이상 토끼를 부르지 않는다

적막한 놀이터의 세계 뿌리 뽑힌 나무들이 공중을 날아다닌다

비행기는 추락하고

가을 갈 무렵 구두 신은 처녀들 춤추러 가고 사내를 만나 어디론가 자러 가고
아직 교복을 입은 노인들 길 위에서 길 묻고 울고 까닭없이 울고

겨울 왔다

여기 비었다

돌아올 수 없는 사람 많고 이룰 수 없는 일 많고 돌아와 지렁이 되고 여치 되고 쇠스랑 되고

쇠침 쇠뜨기 푸른 이상한 해들 사방에서 뜨고

돌아오지 않는 연인의 가무덤 뒤집고 공장 서고

아가들 아장거리며 공장에서 일하고 손은 쇠 덩쿨 되고

머리는 하얗게 성에를 인 냉동관이 된다
냉동관 안에는 토끼, 귀를 둥글게 말고 얼어 있다

폭발하니 토끼야!

시장에 토끼가 걸려 있네
털도 가죽도 다 벗기우고 벌겋게 매달려 있네

털과 가죽은 아가들에게로 가서 귀를 덮어주었지요
고기는 누군가 바구니에 담아 갔고요

먼바다 굴뚝에서 토끼를 제사지낸 연기가 피어올랐네

오늘은 기름 넣으러 왔어요, 의젓한 척 토끼는 차 안에
앉아 있다 주유소 주인 토끼를 흘낏 보고 혼잣말을 한다

한줌도 안 되는 게 거들먹거리네

차 안에 앉아 있던 토끼, 씽긋 웃으며 벌건 몸을 가스
통에 던진다

폭발하니 토끼야?

그럼!

그러지 말지……

우는 토끼를 달래네
먼바다 거북 눈을 껌벅거리며 연기를 바라보네

숨은 사랑

토끼에게도 옛사랑이 있어 토끼는 가끔 지그시 누르며 노래를 듣기도 한다 토끼가 듣는 노래를 나는 같이 듣는다

"돼지가 날아가는 밤하늘 융숭하다 돼지야, 새가 날지 않는 하늘은 복되다 이젠 까마귀 따위에게 하늘을 맡기지 않겠노라", 그리고,

튀긴 토끼 고기를 파는 음식점이 길가에 있다 누군가의 식칼에 잘린 머리가 식당 부엌에 뒹굴고 있다 머리가 쓰레기통으로 들어간다 버려진다 어느 벌판에 그리하여 옥수수가 익고 옥수수 머리 위로 들까마귀가 날아간다

썩어가는 토끼 머리에 달린 입에는 아주 오래된 옛날 노래들이 옛 님의 졸음 겨운 눈처럼 어려 있고 썩어가는 눈은 날아가는 까마귀를 보고 있다

우리들의 저녁식사

토끼를 불러놓고 저녁을 먹었네
아둔한 내가 마련한 찬을 토끼는 물끄러미 바라본다
오늘 요리는 토끼 고기

토끼도 토끼를 먹고 나도 토끼를 먹는다
이건 토끼가 아니야, 토끼 고기라니까!
토끼 고기를 먹고 있는 토끼는 나와 수준이 똑같다

이 세계에 있는 어떤 식사가 그렇지 않을까요
풀을 불러놓고 풀을 먹고
추억을 불러놓고 추억을 같이 먹고
미움을 불러놓고 미움을 같이 먹었더랬지요

우리는 언제나 그랬지요
이 세계에 있는 공허한 모든 식사가 그랬지요

눈 안의 눈

가로로 잘린 소 한 마리
포르말린이 가득 든 거대한 유리통 안에
들어 있다

눈
귀
내장
생식기

모두 반씩 잘려 있다

일테면 금세기 소에 대한 추억,
반씩 잘려 있다

그러니까 들판 가득
우우거리며 몰려다니던 성긴 눈을 바라보던 그날

그때 소 눈 안을 오래 들여다보면
눈 안에 눈이 내리고 있었다

갑자기 생긴 길

새끼 낳은 개집 안에 누구도 얼씬거리지 않았다

다음날 새끼들은 오롯이 개집 앞에 죽어 있었다

개집 안에서 어미 개가 컹컹 짖고 있었다

핏자국은 산으로 길을 낸 게 아니었다

핏자국은 집으로 길을 내고 있었다

흰 핏발이 어미 개의 눈에 어렸다

간밤에 어미 개는 이 지상에 무슨 길을 낸 것일까

오후 두시경

영상 15도
바람은 서북, 구름

아침에 잠깐 안개구름이 지나가고 난 뒤
맑은 하늘

오후 두시경
문 앞에 하얀 병원차가 서고 들것을 들고
하얀 남자들이 문 안으로 들어갔다 나온다
배달한 음식의 빈 식기를 가져나오듯 무념한 얼굴

무슨 일이 일어나고 있는가

거미줄, 정원, 그림 같은 꽃, 구두 한 짝, 그리고 반쯤
열린 문

어느 눈 덮인 마을에 추운 아이 하나가

아이의 동무는 작은 모닥불이다 바람이 아주 센 날 아이는 자꾸 모닥불로 다가가 손을 벌린다 손을 불속으로 집어넣는다

다리
머리
가슴

그 다음해 이 마을에 눈이 왔는지 모닥불이 다시 피어올랐는지 아무도 모른다

곰이 반짝이는 혀로 아이의 뼈를 어루다가 입안이 헐었고 곰의 뱃속에 다시 눈이 내렸고 그것만을 이 눈 오는 밤에 상상할 수 있을 뿐

숨

검은 녹빛
산 숲 아래 마을
사냥꾼의 집

집 뒤
죽은 나무를 얼러 만든
검은 창고

걸려 있는
아직은 살아 있는
산돼지

붉고도 검은 숨

그 옆에 산딸기 술 한 동이 있어

땅은 술을
구멍난 동이에서 새어나온 술을

고요히 받아들인다

컴컴한 숨

청동 염소

은행 앞에 청동 염소가 서 있다 엉덩이가 푸른, 생식기마저 푸른 염소, 아무것도 생식하지 않을 이 염소는 불멸이다

물빛

아주 어린 날
세숫대에
물 떠놓고

물빛하고
논다

어른거린다

물빛
날빛
낯빛

날아간다 그림자
덮친다 날아가는 그림자 위를
다른 빛 하나가

그리고 물빛
내 낯을 어루는 물빛

바라본다
설렁대는 빛
일렁이는 저 너머

불안한 맑은 빛
서성이는 이미 물빛이 된
내 어린 지친 얼굴

물빛
빛

문학동네포에지 045

내 영혼은 오래되었으나

초판 1쇄 발행 2022년 3월 31일
초판 3쇄 발행 2023년 11월 3일

지은이 — 허수경
책임편집 — 김동휘
편집 — 김민정 유성원 송원경 김필균
표지 디자인 — 이기준 이현정 / 본문 디자인 — 이주영
저작권 — 박지영 형소진 최은진 서연주 오서영
마케팅 — 정민호 박치우 한민아 이민경 박진희 정경주 정유선 김수인
브랜딩 — 함유지 함근아 박민재 김희숙 고보미 정승민 배진성
제작 — 강신은 김동욱 이순호
제작처 — 영신사

펴낸곳 — (주)문학동네
펴낸이 — 김소영
출판등록 — 1993년 10월 22일 제2003-000045호
주소 — 10881 경기도 파주시 회동길 210
전자우편 — editor@munhak.com
대표전화 — 031-955-8888 / 팩스 — 031-955-8855
문의전화 — 031-955-2689(마케팅), 031-955-8875(편집)
문학동네카페 — http://cafe.naver.com/mhdn
인스타그램 — @munhakdongne / 트위터 — @munhakdongne
북클럽문학동네 — http://bookclubmunhak.com

ISBN 978-89-546-7135-4 03810

www.munhak.com

문학동네